NAKED

A SHORT STORY BY SALEEM LITTLE

NAKED

Act 1:

"The Planting"

בְּצֶלֶם אֱלֹהִים
b'tselem elohim
1:27

After a day full of events, Salim was simply ready to unwind, meet with his date, enjoy a good meal and conversation. The food he was sure of, it was his date he had to pray over.

After confirming his reservation with the hostess, he allowed himself to be led to his table while vaguely taking in the scenery. More important to him was the ambiance – the energy he could feel.

"Being conscious can be exhausting." He said in a sardonic fashion before raising the complimentary glass of water to his lips. He allowed the cool liquid to balance his internal temperature and as he drank the water, he practiced presence. He wanted to live in the moment for now on. Living in the past makes

one angry and living in the future makes one anxious. Living in the moment provides sublime peace and so the art of presence was just another treasure he added to his spiritual chest. The serendipitously acquired jewels were enriching his soul with each addition.

Just as he placed the glass on the table, she walked in. Her green eyes reflected the chandelier's light like radiant cut emeralds set in Akoya pearls. She batted her long eye lashes like miniature vanity fans. She wore her hair in a bun with sharp bangs and Tortoiseshell hair sticks. A clever ensemble considering they were at an Asian restaurant. Her lips were an explosive burst of red pigments, oils, waxes, and emollients and her manicured nails matched perfectly - bejeweled with small crystals on the middle fingers.

Noticing Salim, she smiled brightly.

"Hey." She said inaudibly while waving. Salim stood up and walked towards her.

Jasmine was extremely attractive physically. If the Fibonacci scale was the barometer she passed with flying colors.

"*Hey love, how are you?*" Salim asked as he pulled Jasmine's seat out so she could slit.

"*I'm good. How long have you been here?*" Jasmine asked as she settled in.

"*Not long at all, just long enough to have a glass of water.*"

It wasn't long before the façade began to fade. Jasmine had judged at least other patrons by physical standards – so her vision was blurred. The slander her tongue produced deformed her once enticing lips – her speech was faulted.

"*Why do they always play such boring music in restaurants? Shit makes me wanna fall asleep.*" Jasmine had commented as she raised her glass for a drink.

Salim was slowly growing impatient with Jasmine's egoistic prejudices and was about to voice his disapproval of her myopic views of life when her glass slipped from her hand and dropped to the table below.

The liquid splashed up into her eyes. Immediately she reached for her eyelids. She did it in such a rushed fashion that she accidentally pulled her eye lash off.

Salim's head snapped back and confusion washed over his face.

"Fake eyelashes?" He said to himself.

"I knew they were probably made up, but completely fake?"

"She was just saying how real she was ... " he continued sub-verbally as he watched her rub frantically at her right eye. Finally, she dropped her hands and raised her head. Blinking away the irritation, she mumbled something about her lost eye lash then looked at Salim embarrassed.

"Your ... your eyes ... they're not ... your contact fell out."

Jasmine smiled, but not with joy, it was a smile that was full of shame and humiliation.

"Yeah ... I... always wanted green ... ugh ... hold on ... "

Jasmine spotted what she believed to be her contact lens on the floor and bent down to pick it up. Retrieving the lens, she lifted her head and her bun got snagged on the end of the table. Instead of easing it loose, Jasmine, already full of frustration, jerked her head and the bun popped off.

Almost every eye in the restaurant was on Jasmine now. She glanced around at the intrigued stares. Once her eyes rested back on Salim, she began to sob.

Initially, watching Jasmine's costume unravel was disappointing but seeing her in tears softened Salim's heart to her plight.

Instead of feeling deceived he now felt sympathy. He grabbed a napkin and handed it to her. Jasmine reached her hand out and Salim could see that she had broken two nails.

"The nails aren't even hers." He couldn't help but think. Quickly he pushed the judgment aside and allowed his over-standing of the mental and spiritual conditioning to relax his mind again.

"Thank you." Jasmine said as the mascara flowed like the dark waters of the Caspian Sea. She wiped her eyes, then her entire face. Her lipstick and mascara smeared.

"I'm sorry." She said. She expected him to say *for what* but he didn't, there was no need to. She had embarrassed herself far more than she had embarrassed him so she needed only to apologize to herself.

"It's ok ... "

Naked and exposed, Jasmine now looked more like a sad insecure young lady than the confident woman who had entered the restaurant an hour ago. Her hair was now a mess and noticeably shorter than the appearance the bun created. One of her eyelashes was gone and the other held on for dear life. The flare of her lipstick was gone, and she now plead for understanding through mismatch eyes.

"C'mon let's get out of here." Salim said as he grabbed Jasmine's hand. Ignoring the stares, he led her to her car. Once inside she rolled the window down and once again said,

"I'm sorry ... "

"It's ok... " Salim reassured.

"Listen, love yourself. You were created beautifully, made beautifully, evolved beautifully whatever term you choose. You don't have to do so

much to beautify yourself. You're already amazing. Beautify your heart. That's beauty that doesn't age."

"Will I see you again?" Jasmine asked. After this debacle if he said no, she wouldn't have been surprised. To her surprise, without the slightest hesitation Salim said,

"Yes, of course." He knew how it felt to have potential but to be dismissed as if he'd never grow mentally or evolve spiritually.

"But," He continued.

"This time will try something a little different. Less formal. I know a great park we could go to. How about we grab a bite to eat, throw down a sheet or two and just enjoy nature without feeling any need or pressure to impress? You can dress casual and just be you. I want to get to know the real you ... "

Jasmine's liquid eyes were now full of adoration and admiration. Her entire life she had been coerced by the media and peer pressure to be more than she was or wanted to be. To be honest, she hated spending that much time doing make up. Majority of her shoes were uncomfortable and deep down, she had always wanted to find a man she didn't have to decorate herself excessively for; one who loved her for her. She had indeed made a fool of herself but lucky for her, Salim didn't live by the first impression rule. Not many people present the mundane side of themselves when they meet new people for the first time so he never expected that from people. He hadn't judged and was quick to forgive and overlook.

"You're a great guy Salim."

"I try."

Salim gave Jasmine a wink and then backed up so she could pull off.

"So, we'll talk all this week but next weekend we start fresh."

"I like that idea."

"Be safe love."

"I will, you too ... "

Felicity twinkled in Jasmine's eyes as she smiled and pulled off into the darkness of the night.

"I have a good feeling about her." Salim said sub-verbally. He was happy he had chosen patience this time. Those that don't know the way deserve to be shown the way. He drifted to sleep upon that thought.

Act 2:
"The Watering"

פִּיהָ פָּתְחָה בְחָכְמָה וְתוֹרַת־חֶסֶד עַל־לְשׁוֹנָהּ
"On her tongue, a Torah of Love…"
31:26

1 week Prior

Jasmine glanced at her phone to check the Lyft driver's expected time of arrival. They usually got there within ten to fifteen minutes but for some reason her nearest ride was twenty-eight minutes away. At the point she checked, the driver was nine minutes away.

After receiving a notification from Instagram, and then Facebook, and then What's App… Jasmine began to scroll her social media sites to pass the time as she waited.

Like most millennials, Jasmine viewed her cell phone as an extension of herself. She pulled her iPhone out at times when it wasn't even necessary, she just needed the world to she was cool because she was a part of the *"Apple In-Crowd"*. Scrolling with the exaggerated hand motions and head gestures, Jasmine often felt shame for pretending she was busy or important but the histrionics had gone from cognitive action to unconscious habit so the show continued and often took place unbeknownst to her.

In sober moments of reality, she saw her wardrobe for the disguise it was, her cosmetics for the mask they were, and her bravado for the lie it was. Alone, she wrestled with as many insecurities as any other human being.

Salim stared up at the Minister in adoration. He was a charismatic orator with a forceful tone. Most importantly he delivered the truth in an unadulterated fashion.

"Who is she? What is she?" The Minister asked the audience in rhetorical fashion. It was not meant to be answered but pondered.

"She is the original woman. The Queen of the Universe and Goddess of the Universe. Sister, your skin is not a curse, your Melanin is not a curse, it's a blessing. It's a protection from the sun and naturally colors you so you don't need to 'color' yourself. Your hair was made to absorb the intense heat and light of the Sun in the motherland and transform that light into power. Your hair is curly because it is in tune with nature. It grows into circles, not straight, a straight line has a beginning and an ending, a tightly curled circle represents completion, three hundred and sixty-degrees. Love yourself. You were created in the very image of God. You know Muhammad used to tell his companions, "Never strike the face, your face was made in the image of God's face. These are sound narrations. Love your face.

Now, here's the issue. You see, because too often, telling darker skinned races to love themselves comes across as racism. It's not, Caucasian women imitating aborigines to the extreme looks just as out *of place as a sepia skinned woman with blond hair and blue eyes. Every one should love themselves instead you have Asians, Arabs, and Africans all aspiring to the European standard of beauty. A European should be proud of the image in which they were created. They are as beautiful as any other people when healthy. The media reinforces their security. Where do the darker skinned women turn for their standard of beauty. Worse yet, why is every other race's standard of beauty dismissed as archaic, religious, and strange?*

Stop sitting your daughters in front of the TV for so long. They walk away feeling insecure, less beautiful, ugly even...

Salim nodded his head. He wanted to make the connection which was actually easy. His niece had one Afro-centric Barbie to every ten Euro-Centric dolls. His female cousin had a bathroom full of perms, relaxers, weaves and hot iron combs. His brother had admitted to only wanting to impregnate light-skinned or Caucasian women because he didn't want his children's skin color to make them feel like second-class citizens – a feeling he struggled with his entire life. He had a male cousin who told his sister she should not have given her son a *"Semitic"* name because that would be a handicap in Corporate America. His nephew – only five – had come home from preschool and asked,

"What are black people and white people?" Next, he began to draw his characters brown, yet he felt the color white was better than brown or black. The indoctrination begins early. It begins in the cradle and if the mother suffered from the insecurity, it started in the womb – a feeling of inferiority coursing through the mother's veins and into the child's blood stream.

At the conclusion of the lecture, Salim organized his notes and prepared to take the wisdom home to his family and friends. As he exited the building in which the lecture was being held his eyes were magnetized by the immaculate frame of a woman.

Jasmine smiled at the clean-cut man exiting the City Hall building.

"He looks like a bit of a square, I like em rough… but he's fine…." She said to herself as she decided to put the theory of opposites attracting to the test. He was obviously intelligent and because of that probably had more disciplines than the average male so she knew she would have to be sweet, not brazen, outgoing but she would have to feign a little shyness.

Salim hadn't been attracted to the masquerade. She was sure he had seen her because the split second they locked eyes she felt a feeling she hadn't in a long time. His eyes were the doorway to a garden – a garden with rivers that flow perpetually, adorned with trees bearing fruits of life. In the middle of the garden was a quaint cabin. In that cabin, a warm bed, heated and illuminated by an eternal fire. The windows to his soul led to heart she sensed immediately could be her safe place. But what did he see? Why did he look away as if he was uninterested? Self-conscious, she began to tug at her skirt and smooth out her clothing.

Salim smiled as he watched the beautiful woman before him stretch her clothing. If only she realized her soul, if cultivated, could be enough to draw her mate to her. He studied her for eternity in a second and caught an image of her in her natural glory, minus the makeup, the extensions, and the revealing apparel. He thought about a saying from the prophet of the Hijaz:

"In the end times, women will be dressed but naked…"

She had left nothing to the imagination so Salim would have to imagine her clothed so he could mentally undress her himself. He immediately wondered what childhood memory had scarred her self-esteem and subsequently what lie had inflated her ego. He thought to speak, but decided it may not be the best move.

Before Salim could make it into his car however, Jasmine made hers.

"Excuse me, can you tell me where the post office is…" Jasmine laughed inside.

"Post Office? That's all you could come up with?" she teased herself.

"Absolutely, it's…" And before Salim could utter another word, it happened. The true radiance of Jasmine's beauty had finally set in as he was able to feel her soul through his vision. He paused, swallowed the lump in his

throat, then continued with the directions before saying,

"How bout I just show you, it's just a few blocks away…"

A walk to the post office, where Jasmine would admit she just needed a reason to speak, led to more chemistry than Salim had expected. They exchanged numbers and agreed to meet at a newly renovated Asian restaurant. If Jasmine turned out to possess inner beauty as well as physical beauty, he would slowly try to guide her into marriage.

The debacle at the restaurant however, had left a sour taste in his mouth. Her soul had been stripped naked and what was exposed was a judgmental, arrogant person. The judgements were simply internal judgements of herself and the arrogance was a façade that blanketed insecurities.

"Naked"

She had indeed made a fool of herself but lucky for her, Salim didn't live by the first impression rule. Not many people present the mundane side of themselves when they meet new people for the first time so he never expected that from people. He hadn't judged and was quick to forgive and overlook.

"You're a great guy Salim."

"I try."

Salim gave Jasmine a wink and then backed up so she could pull off.

"So, we'll talk all this week but next weekend we start fresh."

"I like that idea."

"Be safe love."

"I will, you too ... "

Felicity twinkled in Jasmine's eyes as she smiled and pulled off into the darkness of the night.

"I have a good feeling about her." Salim said sub-verbally. He was happy he had chosen patience this time. Those that don't know the way deserve to be shown the way. He drifted to sleep upon that thought.

Act 3:

"The Blossoming"

מָצָא אִשָּׁה מָצָא טוֹב וַיָּפֶק רָצוֹן מֵיְהוָה
"He who finds a wife finds a good thing..."
18:22

The park was overflowing with positive synergy. The laughter of children and singing of birds created an orchestra in the ether. The sun shone brightly but the breeze balanced its heat. Salim checked his watch.

"Ten minutes." He reminded himself as he unfolded the sheet he bought on his way to the park. He fanned it to open it and allowed the wind to assist him. He sat the fruit salad down and began unwrapping the Italian bread when her smile stopped him in his tracks.

"Jasmine ... " He said as if seeing her for the first time, and indeed he was. She had no makeup on besides a layer of gloss that accentuated the natural beauty of her lips. Her eyes were wide, glowing, and honey in complexion.

She was wearing a colorful fuchsia, lavender, and turquoise scarf. She laughed at the astonished look on Salim's face.

"*You like?*" She asked. If only he knew how much courage it had taken to show up completely natural.

"*What is there not to like Jasmine? You're absolutely gorgeous. *"

"*Thank you. *"

"*You're very welcome. *"

"*No Salim, not for telling me I'm gorgeous.*"

"*Then for what?*"

"*For helping me to realize it... *"

More books by Saleem Little

1. Get In, Get Out

2. Love and the Game

3. Sincerely Yours I: *Lost Sheets*

4. Sincerely Yours II: *Life, Love and Lyrics*

5. Sincerely Yours III: *Dear Diary*

6. Crying for Tears: *The Sasha Pierce Story*

7. The Quest for Opus Magnum

8. Kissed by a Dragon

9. G.O.D.: *Gold, Oil and Drugs*

10. Daydream

11. Special

12. Love and War

13. Don't Judge Me

14. U-N-I-Verse Volume 1: *Jesus*

15. Writer's Block

16. Apocrypha

17. The Muses of a Modern Mystic

18. Cocaine

19. Invisible Chains

20. Revolutionized

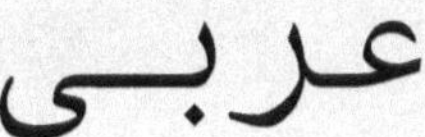
عربى

عارية

A SHORT STORY BY SALEEM LITTLE

NAKED

ميتاني PUBLISHING
حقوق التأليف والنشر ©2020 من قبل SALEEM LITTLE
التي تنتجها ميتاني PUBLISHING LLC

34

عارية

:قانون1
"زراعة"

SALEEM LITTLE

בְּצֶלֶם אֱלֹהִים
بتسليم إلوهيم
1:27

بعد يوم كامل من الأحداث، وكان سالم ببساطة على استعداد للاسترخاء، لقاء مع تاريخه، الاستمتاع بتناول وجبة جيدة والمحادثة. الطعام الذي كان متأكدًا منه، كان موعده الذي كان عليه أن يصلي عليه. بعد تأكيد حجزه مع المضيفة، سمح لنفسه بأن يتم اصطحابه إلى طاولته بينما كان يأخذ المشهد بشكل غامض. والأهم بالنسبة له كانت الأجواء - الطاقة التي يمكن أن يشعر بها الوعي يمكن أن يكون مرهفًا. قال بطريقة ساخرة قبل أن يرفع كأس الماء المجاني إلى شفتيه. سمح للسائل البارد بموازنة درجة حرارته الداخلية، وبينما كان يشرب الماء، كان يمارس الوجود. أراد أن يعيش اللحظة في الوقت الحالي. العيش في الماضي يجعل المرء غاضبًا والعيش في المستقبل يجعل المرء قلقًا. يوفر العيش في هذه اللحظة سلامًا ساميًا، وبالتالي كان في فن الحضور مجرد كنز آخر أضافه إلى صدره الروحي. كانت الجواهر المكتسبة بالصدفة تثري روحه مع كل إضافة.

بمجرد أن وضع الزجاج على المنضدة، دخلت. عكست عيناها الخضراء ضوء الثريا مثل قطع الزمرد المشعة الموجودة في لآلئ أكويا. لقد ضربت رموشها الطويلة مثل عشاق الغرور المصغر. كانت ترتدي شعرها في كعكة ذات غرة حادة وعصي شعر بصدف السلحفاة. فرقة ذكية تفكر في أنهم كانوا في مطعم آسيوي. كانت شفتاها عبارة عن انفجار متفجر من الأصباغ الحمراء والزيوت والشموع والمطريات. وأظافرها المشذبة متطابقة تمامًا - مرصعة بكريستال صغير على الأصابع الوسطى.

لاحظت سالم ابتسمت.

مهلا". قالت بصوت غير مسموع وهي تلوح. قام سالم وسار نحوها. كانت الياسمين جذابة للغاية جسديا. إذا كان مقياس فيبوناتشي هو البارومتر، فقد مرت بألوان متطايرة.

مرحبا حبي كيف حالك؟" سأله سالم وهو يرفع كرسي الياسمين حتى تتمكن من قطعه.

أنا بخير. منذ متى وأنت هنا؟" سألت ياسمين عندما استقرت في المكان.

"*لم يمض وقت طويل على الإطلاق، فقط فترة كافية لشرب كوب من الماء*"

لم يمض وقت طويل قبل أن تبدأ الواجهة في التلاشي. حكمت ياسمين على الرعاة الآخرين على الأقل من خلال المعايير المادية - لذلك كانت رؤيتها غير واضحة. التشهير الذي أحدثه لسانها شوهها بمجرد إغراء شفتيها - كان كلامها معيبًا.

لماذا يعزفون دائمًا مثل هذه الموسيقى المملة في المطاعم؟ القرف يجعلني أريد أن أنام".

كانت ياسمين قد علقت وهي ترفع كأسها لتناول مشروب.

كان سالم ينفد ببطء من التحيزات الأنانية لياسمين وكان على وشك التعبير عن رفضه لآرائها القصيرة عن الحياة عندما انزلق زجاجها من يدها وسقط على الطاولة أدناه.

تناثر السائل في عينيها. على الفور مدت جفنيها. لقد فعلت ذلك بطريقة متسرعة لدرجة أنها سحبت عن طريق الخطأ رموش عينها.

36

.ارتد رأس سالم إلى الوراء وغرز الارتباك على وجهه

"الرموش وهمية؟" قال لنفسه.

"كنت أعلم أنهم ربما كانوا مختلقين ، لكنهم"

"مزيفون تمامًا؟"

"لقد كانت تقول فقط كم كانت حقيقية ..."

تابع حديثه غير اللفظي وهو يشاهدها وهي تفرك بشكل محموم عينها اليمنى .أخيرًا ، أسقطت يديها ورفعت رأسها .رمشت بالتهيج ، تمتمت بشيء عن رموش عينها المفقودة ثم نظرت إلى سليم محرجًا.

"عيناك ...عيناك ...ليستا ...انقطع اتصالك."

ابتسمت ياسمين ولكن ليس بفرح كانت ابتسامة مليئة بالخجل والذل.

"انتظر... آه... أردت دائمًا اللون الأخضر ...نعم ..."

رصدت ياسمين ما اعتقدت أنه عدساتها اللاصقة على الأرض وانحنت لالتقاطها. استعادت العدسة ، ورفعت رأسها وتعرّضت كعكتها في نهاية الطاولة .بدلاً من تخفيفها ، قامت ياسمين المليئة بالإحباط بالفعل ، بقفز رأسها وانبثقت الكعكة.

تقريبا كل عين في المطعم كانت على الياسمين الآن .نظرت حولها في نظرات الفتنة .بمجرد أن استقرت عيناها على سالم ، بدأت تبكي.

في البداية ، كانت مشاهدة أزياء ياسمين وهي تتحلل مخيبة للآمال ، لكن رؤيتها وهي تبكي خففت قلب سليم إلى محنتها .بدلاً من الشعور بالخداع ، شعر الآن بالتعاطف .أمسك بمنديل وسلمه لها .مدت ياسمين يدها ورأى سالم أنها كسرت أظافرها.

"أظافرها ليست لها حتى." لم يسعه إلا التفكير .سرعان ما دفع بالحكم جانبًا وسمح لتكييفه العقلي والروحي بإرخاء عقله مرة أخرى.

"شكرا لك". قالت ياسمين بينما كانت الماسكارا تتدفق مثل المياه الداكنة لبحر قزوين تمسح عينيها ثم وجهها بالكامل .تلطخ أحمر شفاهها والمسكرة.

"أنا آسف". قالت .لقد توقعت منه أن يقول ماذا لكنه لم يفعل ، لم تكن هناك حاجة لذلك .لقد أحرجت نفسها أكثر بكثير مما أحرجته ، لذلك احتاجت فقط إلى الاعتذار لنفسها.

"لا بأس..."

ياسمين عارية ومكشوفة ، تبدو الآن وكأنها شابة حزينة غير آمنة أكثر من المرأة الواثقة التي دخلت المطعم منذ ساعة .أصبح شعرها الآن في حالة من الفوضى وأقصر بشكل ملحوظ من

المظهر الذي خلقته الكعكة. ذهب أحد رموشها والآخر تمسك به مدى الحياة. ذهب بريق أحمر شفاهها ، وهي الآن تطلب الفهم من خلال عيون غير متطابقة.

هيا لنخرج من هنا". قال سالم وهو يمسك بيد الياسمين. متجاهلا التحديق ، قادها"
، إلى سيارتها. بمجرد دخولها ، دحرجت النافذة إلى أسفل وقالت مرة أخرى

"أنا آسف ..."

"لا بأس ... طمأن سالم"

اسمع ، أحب نفسك. لقد خلقت بشكل جميل ، صنعت بشكل جميل ، تطورت"
بشكل جميل مهما كان المصطلح الذي تختاره. ليس عليك فعل الكثير لتجميل نفسك. أنت مدهش
بالفعل. جمّل قلبك. هذا جمال لا عمر"

هلمرة أخرى؟" سألت ياسمين. سأراك. بعد هذه الكارثة إذا قال لا ، لم تكن لتفاجأ"
ولدهشتها ، دون أدنى تردد ، قال سليم:

نعم ، بالطبع. "أن يكون لديه إمكانات ولكن يتم إقصاؤه كما لو أنه لن يغو عقليًا أو"
يتطور روحانيًا.

لكن ،" تابع"

هذه المرة سوف نحاول شيئًا مختلفًا قليلاً. أقل رسمية. أعرف حديقة رائعة يمكننا"
الذهاب إليها. ماذا عن تناول قضمة لتناول الطعام ، ورمي ملاءة أو اثنتين ، والاستمتاع بالطبيعة
دون الشعور بأي حاجة أو ضغط لإثارة إعجابك؟ يمكنك ارتداء ملابس غير رسمية وتكون أنت فقط.
أريد أن أتعرف على حقيقتك ..."

كانت عيون الياسمين السائلة الآن مليئة بالعشق والإعجاب. لقد تعرضت طوال حياتها
، للإكراه من قبل وسائل الإعلام وضغط الأقران لتكون أكثر مما كانت عليه أو تريد أن تكون. صادقة
لقد كرهت قضاء الكثير من الوقت في عمل المكياج. كانت غالبية حذائها غير مريحة وعميقة ، كانت
ترغب دائمًا في العثور على رجل لم يكن عليها أن تزين نفسها بشكل مفرط ؛ شخص أحبها من أجلها.
لقد جعلت من نفسها مجنونة لكنها محظوظة بالنسبة لها ، لم يعش سليم وفقًا لقاعدة الانطباع الأول. لا
يقدم الكثير من الناس الجانب الدنيوي لأنفسهم عندما يلتقون بأشخاص جدد للمرة الأولى ، لذلك لم
يتوقع ذلك من الناس أبدًا. تم الحكم عليه وسرعان ما يغفر ويتغاضى.

"أنت رجل عظيم سليم". "

"أحاول."

أعطى سالم لياسمين غمزة ثم احتفظ بها احتياطيًا حتى تتمكن من الانسحاب.

"لذا ، سنتحدث عن كل هذا الأسبوع ولكن في نهاية الأسبوع المقبل نبدأ من جديد
"

" .تعجبني هذه الفكرة "

".كن آمنًا حب "

" ... يا "سأفعل ، أنت أيضًا

.وهي تبتسم وتنطلق في ظلام الليل asmine J عيني تومض فيليسيتي في

، لدي شعور جيد بها". قال سالم شفهيًا ، وكان سعيدًا لأنه اختار الصبر هذه المرة"
.ومن لا يعرف الطريق يستحق أن يُظهر الطريق ، فقد انجرف إلى النوم على هذه الفكرة

العمل 2:

"لن الري"

NAKED

פִּיהָ פָּתְחָה בְחָכְמָה וְתוֹרַת-חֶסֶד עַל-לְשׁוֹנָהּ

"... على لسانها، والتوراة الحب"

31:26

الاسبوع وقبل 1

من المتوقع وصوله. وصلوا هناك عادة في Lyft يحملقياسمين في هاتفها إلى التحقق من الوقت السائق غضون عشر إلى خمس عشرة دقيقة ولكن لسبب ما كانت أقرب رحلة لها ثمانية وعشرين دقيقة. في اللحظة التي فحصت فيها، كان السائق على بعد تسع دقائق.

بدأت ...Whatsapp، ثم Facebook، ثم Instagram بعد تلقي إشعار من ياسمين بالتمرير على مواقع التواصل الاجتماعي الخاصة بها لتمضية الوقت وهي تنتظر.

مثل معظم جيل الألفية، اعتبرت ياسمين هاتفها الخلوي امتدادًا لها. لقد سحبت جهاز iPhone الخاص بها في بعض الأوقات عندما لم يكن ذلك ضروريًا، فقد احتاجت فقط إلى العالم بالتمرير بحركات اليد المبالغ فيها وإيماءات ".Apple In-Crowd" حتى كانت رائعة لأنها كانت جزءًا من الرأس، غالبًا ما شعرت ياسمين بالخجل لتظاهرها بأنها مشغولة أو مهمة، لكن المسرحيين انتقلوا من الفعل المعرفي إلى العادة اللاواعية، لذا استمر العرض وغالبًا ماكان يتم دون علمها.

في لحظات واقعية من الواقع، رأت خزانة ملابسها للتنكر، ومستحضرات التجميل الخاصة بها للقناع الذي كانت عليه، وشجاعتها على الكذب. بمفردها، تصارعت مع العديد من حالات عدم الأمان مثل أي إنسان آخر.

حدق سالم في الوزير في عبادة. كان خطيبًا يتمتع بشخصية جذابة ولهجة قوية. والأهم من ذلك أنه قدّم الحقيقة بطريقة نقية.

"من هي؟ ما هي؟" سأل الوزير الحضور بطريقة بلاغية. لم يكن من المفترض أن يتم الرد عليه ولكن تم التفكير فيه.

"هي المرأة الأصلية. ملكة الكون وإلهة الكون. أختي، بشرتك ليست لعنة، الميلانين الخاص بك ليس لعنة، إنه نعمة. إنها حماية من أشعة الشمس وتلونك بشكل طبيعي لذلك لا تحتاج إلى تلوين نفسك. صُنع شعرك لامتصاص الحرارة الشديدة وضوء الشمس في الوطن الأم وتحويل هذا الضوء إلى قوة. شعرك مجعد لأنه يتوافق مع الطبيعة. إنه ينمو إلى دوائر، وليس مستقيمة، والخط المستقيم له بداية ونهاية، والدائرة الملتفة بإحكام تمثل اكتمالًا، ثلاثمائة وستين درجة. حب نفسك. لقد خُلقت على صورة الله ذاتها. أنت تعلم أن محمّدًا كان يقول لأصحابه "بلا تضربوا وجهك أبدًا، لقد صنع وجهك على صورة وجه الله. هذه روايات سليمة. أحب وجهك ووجهك.

41

الآن ، ها هي المشكلة كما ترى ، لأنه في كثير من الأحيان ، فإن إخبار ذوي البشرة الداكنة بأن يحبوا أنفسهم يعتبر عنصرية .إنها ليست كذلك ، فالمرأة القوقازية التي تقلّد السكان الأصليين إلى أقصى الحدود تبدو في غير محله تمامًا مثل امرأة ذات بشرة بني داكن وشعر أشقر وعيون زرقاء يجب على كل شخص أن يحب نفسه بدلاً من ذلك لديك الآسيويين والعرب والأفارقة الذين يطمحون جميعًا إلى المعايير الأوروبية للجمال .يجب أن يفخر الأوروبي بالصورة التي خُلقوا بها .هم جميلون مثل أي شخص آخر عندما يكونون بصحة جيدة .وسائل الإعلام تعزز أمنهم .أين تتجه النساء ذوات البشرة الداكنة إلى مستوى جمالهن .والأسوأ من ذلك ، لماذا يُرفض معيار الجمال لكل عرق آخر باعتباره عتيقًا ودينيًا وغريبًا؟

توقف عن جلوس بناتك أمام التلفزيون لفترة طويلة .يبتعدون وهم يشعرون بعدم الأمان ... أقل جمالاً ، حتى قبيحًا ،

أومأ سالم برأسه .أراد أن يجعل الاتصال الذي كان سهلاً بالفعل .كان لدى ابنة أخته باربي أفرو-سنتريك مقابل كل عشر دمى أوروبية .كان لابنة عمه حمّامًا مليئًا بالكراميل والمرخيات والنسيج وأمشاط الحديد الساخنة .كان شقيقه قد اعترف برغبته فقط في إنجاب النساء ذوات البشرة الفاتحة أو القوقازية لأنه لا يريد أن يجعل لون بشرة أطفاله يشعران وكأنهن مواطنات من الدرجة الثانية "وهو شعور كافٍ طوال حياته .كان لديه ابن عم ذكر لأخته أنه ما كان عليها أن تعطي ابنها "سامي - اسملأن ذلك سيكون عائقاً في الشركات الأمريكية .ابن أخيه - خمسة فقط - عاد إلى المنزل من الحضانة وسأل ،

"من هم السود والأشخاص البيض؟" بعد ذلك ، بدأ في رسم شخصياته باللون البني لكنه شعر أن اللون الأبيض أفضل من البني أو الأسود .يبدأ التلقين في وقت مبكر .يبدأ في المهد وإذا عانت الأم من انعدام الأمن ، يبدأ في الرحم - شعور بالنقص يمر عبر عروق الأم وفي مجرى دم الطفل. وفي ختام المحاضرة نظم سليم مذكراته وأعد لأخذ الحكمة إلى عائلته وأصدقائه .عندما خرج من المبنى الذي كانت تُعقد فيه المحاضرة ، كانت عيناه ممغنطة بإطار نقي لامرأة.

.ابتسمت ياسمين للرجل النظيف وهو يخرج من مبنى مجلس المدينة

إنه يبدو وكأنه مريع بعض الشيء ، أنا أحبه خشنة ...لكنه بخير" قالت لنفسها' لأنها قررت وضع نظرية جذب الأضداد للاختبار .من الواضح أنه كان ذكيًا ، وبسبب ذلك ربما كان لديه المزيد من التخصصات أكثر من الرجل العادي ، لذلك عرفت أنها يجب أن تكون لطيفة ، وليست وقحة ، ومنفتحة ولكن عليها أن تتظاهر ببعض الخجل.

لم يكن سالم منجذبًا إلى الحفلة التنكرية .كانت متأكدة من أنه رآها لأنه في اللحظة التي أغلقوا فيها عينيها شعرت بإحساس لم يحدث منذ فترة طويلة .كانت عيناه المدخل إلى حديقة - حديقة ذات أنهار تتدفق على الدوام ، مزينة بأشجار تحمل ثمار الحياة .في منتصف الحديقة كان هناك كوخ غريب .في تلك الكابينة ، سرير دافئ ، مدفأ ومضاء بنار أبدية. قادت النوافذ المؤدية إلى روحه إلى

قلب شعرت على الفور أنه يمكن أن يكون مكانها الآمن. لكن ماذا رأى؟ لماذا نظر بعيدا وكأنه غير مهتم؟ بدأت في شد تنورتها وتنعيم ملابسها.

ابتسم سليم وهو يشاهد المرأة الجميلة أمامه وهي تمد ثيابها. لو أدركت أن روحها، إذا كانت مزروعة، يمكن أن تكون كافية لجذب رفيقها إليها. درسها للأبد في ثانية والتقط صورة لها في مجدها الطبيعي، بدون الماكياج، والإضافات، والملابس الكاشفة. وفكر في قول نبي الحجاز:

".. في آخر الزمان تلبس المرأة ثيابها عارية"

لم تترك شيئًا للخيال، لذلك كان على سليم أن يتخيل لباسها حتى يخلع ملابسها بنفسه. تساءل على الفور عن ذاكرة الطفولة التي أثرت على تقديرها لذاتها، وبالتالي ما الكذبة التي أدت إلى تضخم الأنا. فكر في الكلام، لكنه قرر أنه قد لا يكون الخطوة الأفضل.

قبل أن يتمكن سالم من دخول سيارته، صنعت ياسمين سيارتها.

ضحكت ياسمين في الداخل: "عفوا، هل يمكن أن تخبرني أين مكتب البريد ...".

"لقد سخرت من نفسها" مكتب البريد؟ هنا كل ما يمكن أن تأتي به؟

"بالتأكيد، إنه ... " وقبل أن ينطق سالم بكلمة أخرى، حدث ذلك. بدأ الإشراق الحقيقي لجمال ياسمين أخيرًا حيث كان قادرًا على الشعور بروحها من خلال رؤيته. توقف مؤقتًا، ابتلع النتوء في حلقه، ثم تابع مع التوجيهات قبل أن يقول:

"... ما رأيك، إنه على بعد بضعة مبانٍ فقط"

، نزهة إلى مكتب البريد، حيث تعترف ياسمين بأنها بحاجة إلى سبب فقط للتحدث. أدى إلى كيمياء أكثر مما توقع سالم. تبادلا الأرقام واتفقا على الاجتماع في مطعم آسيوي تم تجديده حديثًا. إذا تبين أن ياسمين تمتلك جمالًا داخليًا بالإضافة إلى جمالها الجسدي، فسيحاول ببطء إرشادها إلى الزواج.

ومع ذلك، فقد تركت كارثة المطعم طعمًا لاذعًا في فمه. كانت روحها قد جردت من ملابسها وما كشف كان شخصًا متعجرفًا قضائيًا. كانت الأحكام مجرد أحكام داخلية لها، وكانت الغطرسة واجهة غطت حالات انعدام الأمن.

"عارية"

لقد خدعت نفسها بالفعل لكنها كانت محظوظة بالنسبة لها ، لم يعيش سليم وفق قاعدة الانطباع الأول .لا يقدم الكثير من الناس الجانب العادي لأنفسهم عندما يلتقون بأشخاص جدد لأول مرة ، لذلك لم يتوقع ذلك من الناس أبدًا .لم يحكم وسارع إلى الصفح والتغاضي

"أنت رجل عظيم سليم".

"أنا أحاول"

غمزة سليم ياسمين ثم احتفظ بها احتياطيًا حتى تتمكن من الانسحاب.

"لذا ، سنتحدث طوال هذا الأسبوع ولكن في نهاية الأسبوع المقبل سنبدأ من جديد".

"أحب تلك الفكرة"

"كن حبا آمنا".

"... سأفعل ، أنت أيضًا"

تومضت فيليسيتي في عيني ياسمين وهي تبتسم وتنطلق في عتمة الليل.

لدي شعور جيد بها".وقال سالم كان الفرعية لفظيا انه سعيد انه اختار الصبر هذه"
3الفكرة أن على النوم إلى وجنحت الطريق يظهر أن يستحق الطريق تعرف لا التي تلك المرة...

قانون
"وازدهار"

מָצָא אִשָּׁה מָצָא טוֹב וַיָּפֶק רָצוֹן מֵיְהוָה
" ... هو الذي يجد زوجة يجد شيء جيد "
18:22

الحديقة كان يطفح التعاون الإيجابي. خلق ضحك الأطفال وغناء العصافير أوركسترا في الأثير. كانت الشمس مشرقة ولكن النسيم وازن حرارتها. تفقد سالم ساعته.

عشر دقائق ".ذكر نفسه وهو يفتح الملاءة التي اشتراها وهو في طريقه إلى الحديقة" قام بتهويته لفتحه وسمح للريح بمساعدته. جلس على سلطة الفاكهة وبدأ يفك تغليف الخبز الإيطالي عندما أوقفته ابتسامتها في مساره.

ياسمين " ... قال كأنما أراها للمرة الأولى ، وبالفعل كان كذلك. لم يكن لديها مكياج إلى" جانب طبقة من اللمعان تبرز الجمال الطبيعي لشفتيها. كانت عيناها واسعة ومتوهجة وبشرتها عسلية.

كانت ترتدي وشاحًا ملونًا باللون الفوشيا والخزامى والفيروز. ضحكت من النظرة المدهشة على وجه سليم.

تحب؟" هي سألت. لو كان يعرف فقط مقدار الشجاعة التي استغرقتها لتظهر بشكل" طبيعي تمامًا.

" ."ما الذي لا يعجبك ياسمين؟ أنت رائع حقًا"

" ."شكرًا لك"

"على الرحب والسعة."

"لا سالم ، ليس لإخباري بأنني رائع"

"إذن لماذا؟"

"... لمساعدتي على إدراك ذلك"

المزيد من الكتب لسليم ليتل ادخل

1. اخرج من ،
2. الحب واللعبة
3. مع خالص الشكر :I *Lost Sheets*
4. Sincerely Yours II: *Life، Love and Lyrics*
5. III Sincerely Yours III: *Dear Diary*
6. Crying for Tears: قصة ساشا بيرس
7. البحث عن أوبوس ماغنوم
8. قبله إله التنين
9. الذهب والنفط والمخدرات :
10. أحلام اليقظة
11. الخاص
12. الحبوالحرب
13. لا
14. المجلد 1 :بيسوع UNI-Verse تحكموا علي حجم
15. كتلةالكاتب
16. أبوكريفا
17. أفكارغامضة حديثة
18. كوكايين
19. سلاسل
20. ثورية

עִבְרִית

NAKED
LITTLE קצר סיפור מאת סלים

NAKED

:מעשה1

"הנטיעה"

NAKED

בְּצֶללם elohim אֱלֹהִים
b'tselem
1:27

אחרי יום מלא אירועים, סלים היה פשוט מוכן להירגע, להיפגש עם הדייט שלו, ליהנות מארוחה טובה ושיחה. האוכל שהוא היה בטוח בו, זה היה התאריך שעליו היה עליו להתפלל.

לאחר שאישר את הזמנתו עם המארחת, הוא הרשה לעצמו להוביל אותו לשולחנו תוך שהוא לוקח את הנוף במעורפל. האווירה החשובה יותר בעיניו הייתה - האנרגיה שהוא יכול לחוש.

להיות בהכרה יכול להיות מתיש". הוא אמר בצורה" סרדונית לפני שהרים את כוס המים המשלימה על שפתיו. הוא איפשר לנוזל הקריר לאזן את הטמפרטורה הפנימית שלו וכשהוא שותה את המים, התאמן בנוכחות. הוא רצה לחיות ברגע זה לעכשיו. לחיות בעבר מכעיס אדם וחיים בעתיד מעוררים חרדה. החיים ברגע מספקים שלום נשגב ולכן אמנות הנוכחות הייתה רק עוד אוצר שהוסיף לחזה הרוחני שלו. התכשיטים שנרכשו ברצינות העשירו את נפשו בכל תוספת.

בדיוק כשהניח את הכוס על השולחן, היא נכנסה פנימה. עיניה הירוקות שיקפו את אור הנברשת כמו אזמרגדים חתוכים קורנים המונחים בפניני אקויה. היא מכה את הריסים הארוכים שלה כמו אוהדי יהירות מיניאטוריים. היא לבשה את שערה בלחמניה עם פוני חד ומקלות שיער של צב. הרכב חכם בהתחשב בכך שהם היו במסעדה אסייתית. שפתיה היו פרץ נפיץ של פיגמנטים אדומים, שמנים, שעווה ומרככי מרכך וציפורניה המטופחות התאימו בצורה מושלמת - תכשיטים עם גבישים קטנים על האצבעות האמצעיות.

סלים חייך ,כשהבחינה בסלים.

"סלים קם. היא אמרה בשמיעה כשהיא מנופפת. "היי
אם סולם. יסמין הייתה מושכת מאוד מבחינה פיזית. ועברה לעברה
פיבונאצ'י היה הברומטר שהיא עברה בצבעים מעולים.

"היי אהבה, *מה שלומך?*" שאל סלים כשמשך את
לחתוך שתוכל כדי החוצה יסמין של מושבה.

"*כמה זמן היית פה?*" שאלה יסמין בעודה אני בסדר.
מתיישבת.

"*לא הרבה זמן ,רק מספיק זמן כדי לקבל כוס מים.*"

לא עבר זמן רב והחזית החלה לדעוך. יסמין שפטה
שהראייה כך - פיזיות מידה אמות פי על אחרים פטרונים לפחות
שלה התערערה. ההשמצה שהוציאה לשונה עיוותה את שפתיה
המפתות פעם - דיברה היה תקול.

"*למה הם תמיד מנגנים מוזיקה כל כך משעממת*
במסעדות? חרא גורם לי לרצות להירדם." יסמין הגיבה
כשהרימה את כוסה לשתייה.

סלים גברה אט אט בקוצר רוח כלפי הדעות הקדומות
האגואיסטיות של יסמין ,ועמדה להשמיע את המורת רוח שלו
מהשקפותיה הקשורות על החיים כשכוסה החליקה מידה וצנחה
לשולחן למטה.

הנוזל התיז בעיניה. מיד הושיטה יד לעפעפיה. היא
עשתה את זה בצורה כל כך ממהרת ,עד שבטעות משכה את
הריסים בעיניים.

ראשו של סלים נשמט לאחור ובלבול שטף את פניו.

"*ריסים מלאכותיים?*" הוא אמר לעצמו.

"*ידעתי שהם כנראה מאופרים ,אבל*

מזויפים לחלוטין?"

"*היא פשוט אמרה כמה היא אמיתית...*"

הוא המשיך באופן מילולי כשצפה בה מתחכך בטירוף בעינה הימנית. לבסוף, היא שמטה את ידיה והרימה את ראשה. כשהיא מצמצמת את הגירוי, היא מלמלה משהו על ריס העיניים האבוד שלה ואז הביטה בסלים במבוכה.

"איש הקשר שלך... הם לא... *העיניים שלך*... *שלך* *נשר*."

יסמין חייכה, אבל לא בשמחה, זה היה חיוך שהיה מלא בושה והשפלה.

"*תחזיקי מעמד*... אוף... *תמיד רציתי ירוק*... אני... *כן* ..."

יסמין זיהתה את מה שהאמינה שהיא עדשת המגע שלה על הרצפה והתכופפה להרים אותה. כשהיא מחזירה את העדשה היא הרימה את ראשה ולחמנייה נלכדה בקצה השולחן. במקום להקל עליו, יסמין, שכבר מלאת תסכול, טלטלה את ראשה והלחמנייה קפצה.

כמעט כל עין במסעדה הייתה עכשיו על יסמין. היא הציצה סביב במבטים המסקרנים. ברגע שעיניה נשענו בחזרה על סלים, היא התחילה להתייפח.

בתחילה, הצפייה בתלבושתה של יסמין נפרדה מאכזבת אך לראות אותה בבכי ריכך את ליבה של סלים עד מצבה. במקום להרגיש שולל הוא חש כעת אהדה. הוא תפס מפית והגיש לה אותה. יסמין הושיטה את ידה וסאלים יכול היה לראות שהיא שברה שני ציפורניים.

"*הציפורניים אפילו לא שלה*". הוא לא יכול שלא לחשוב. במהירות הוא דחף את השיפוט הצידה ואיפשר לעמדה המוגזמת שלו על ההתניה הנפשית והרוחנית להרפות את מוחו שוב.

תודה". יסמין אמרה כשהמסקרה זורמת כמו המים
הכהים של הים הכספי. היא מחתה את עיניה, ואז את כל פניה.
השפתון והמסקרה שלה נמרחו.

אני מצטער". היא אמרה. היא ציפתה שהוא יגיד על
מה, אבל הוא לא, לא היה צורך בכך. היא הביכה את עצמה הרבה
יותר ממה שהיא הביכה אותו ולכן היא נזקקה רק להתנצל בפני
עצמה.

"*זה, בסדר* ..."

יסמין עירומה וחשופה נראתה עכשיו יותר כמו גברת
צעירה וחסרת בטחון מאשר האישה הבטוחה שנכנסה למסעדה
לפני שעה. שערה היה עכשיו בלגן וקצר במידה ניכרת מהמראה
שהלחמניה יצרה. אחד הריסים שלה נעלם והשני החזיק חיים
יקרים. התלקחות השפתון שלה נעלמה, והיא כעת מתחננת להבנה
דרך עיניים לא מתאימות.

בוא בואי נצא מכאן". אמר סלים בעודו אוחז בידה של
יסמין. כשהוא מתעלם מהמבטים, הוא הוביל אותה למכוניתה.
כשנכנסה פנימה גלגלה את החלון למטה ושוב אמרה,

"*אני מצטער* ..."

"הרגיע סלים ... "*זה בסדר*.

"*תשמע, תאהב את עצמך. נוצרת יפה, נעשתה יפה*,
התפתחת יפה בכל מונח שתבחר. אתה לא צריך לעשות כל כך
הרבה כדי לייפות את עצמך. אתה כבר מדהים. לייפות את הלב
שלך. זה יופי שלא גיל".

"*האם אראה אותך שוב*,"? שאלה יסמין. אחרי"
ההתלבטות הזו אם הוא היה אומר שלא, היא לא הייתה מופתעת.
להפתעתה, ללא היסוס קלוש סלים אמר,

"הוא ידע איך זה מרגיש להיות בעל" כמובן, כן
פוטנציאל אבל להיות מודח כאילו הוא לעולם לא יגדל נפשית או
יתפתח רוחנית.

"אבל", המשיך.

"הפעם ינסה משהו קצת אחר. פחות רשמי. אני מכיר
פארק נהדר שנוכל ללכת אליו. מה דעתך לתפוס ביס לאכול, לזרוק
סדין או שניים ופשוט ליהנות מהטבע בלי להרגיש צורך או לחץ
להרשים? אתה יכול להתלבש קז'ואל ופשוט להיות אתה. אני רוצה
להכיר את האמיתי שלך ..."

עיניה הנוזלות של יסמין היו מלאות הערצה והערצה. כל
חייה כפו על ידי התקשורת ולחץ העמיתים להיות יותר ממה
שהיא הייתה או רצתה להיות. להיות האמת, היא שנאה להשקיע
כל כך הרבה זמן באיפור. רוב הנעליים שלה היו לא נוחות ועמוק
בפנים, היא תמיד רצתה למצוא גבר שהיא לא הייתה צריכה
לקשט את עצמו יתר על המידה; אחד שאהב אותה בשבילה. אכן
עשתה את עצמה לשטות אבל למזלה, סלים לא חיה לפי כלל
הרושם הראשוני. לא הרבה אנשים מציגים את הצד הארצי של
עצמם כשהם פוגשים אנשים חדשים בפעם הראשונה ולכן הוא
מעולם לא ציפה לכך מאנשים. לא שפטתי ומיהר לסלוח
ולהתעלם.

"אתה בחור נהדר סלים".

"אני מנסה".

סלים נתן יסמין קריצה ואז גבה כדי שתוכל לסגת.

"אז נדבר על כל זה שבוע אבל בסוף השבוע הבא אנחנו
מתחילים רעננים".

"אני אוהב את הרעיון הזה "

"תהיה אהבה בטוחה "

" ... *אני אעשה זאת ,גם אתה* "

עיניה של מיינה כשהיא חייכה J- פליסיטי נצנצה ב
ונמשכה אל חושך הלילה.

יש לי הרגשה טובה כלפיה". אמר סלים באופן מילולי.
הוא שמח שבחר הפעם בסבלנות. מי שלא יודע את הדרך ראוי
שיוצגו לו הדרך. הוא נסחף לישון על מחשבה זו.

מעשה 2:

ההשקיהפִּיהָ פָּתְחָה בְחָכְמָה וְתוֹרַת־חֶסֶד עַל־לְשׁוֹנָהּ
"... עַל לשונה, *תורה של אהבה*"
31:26

שבוע אחד לפני

יסמין הציצה בטלפון שלה כדי לבדוק את זמן ההגעה הצפוי של נהג הליפט. בדרך כלל הם הגיעו לשם תוך עשר עד חמש עשרה דקות, אך משום מה הנסיעה הקרובה ביותר שלה הייתה במרחק עשרים ושמונה דקות משם. בנקודה שבדקה, הנהג היה במרחק תשע דקות.

לאחר שקיבלה הודעה מאינסטגרם, ואז מפייסבוק, ואז מוואטסאפ ...יסמין החלה לגלול באתרי המדיה החברתית שלה כדי להעביר את הזמן בזמן שהיא חיכתה.

כמו רוב שנות האלפיים, יסמין ראתה את הטלפון הנייד שלה כתוסף של עצמה. היא הוציאה את האייפון שלה בזמנים שבהם זה אפילו לא היה צורך, היא פשוט הייתה זקוקה לעולם "*Apple In-Crowd*". כדי שהיא תהיה מגניבה כי היא הייתה חלק מתוך כדי גלילה בתנועות הידיים המוגזמות ותנועות הראש, יסמין חשה לעתים קרובות בושה על שהיא מעמידה פנים שהיא עסוקה או חשובה, אך ההיסטריוניקה עברה מפעולה קוגניטיבית להרגל לא מודע, כך שההצגה נמשכה ולעיתים קרובות התקיימה ללא ידיעתה.

ברגעים מפוכחים של מציאות היא ראתה את ארון הבגדים שלה בגלל התחפושת שזה היה, את מוצרי הקוסמטיקה

שלה למסכה שהיו, ואת האומץ שלה בגלל השקר שהיה. לבדה היא נאבקה עם חוסר ביטחון כמו כל בן אנוש אחר.

סלים בהה בבשר הערצה. הוא היה נואם כריזמטי בעל טון כוחני. והכי חשוב שהוא מסר את האמת בצורה לא מזויפת.

"*מה זאת*? *מי היא*"? השר שאל את הקהל בצורה רטורית. זה לא נועד לענות אלא הרהר.

"*היא האישה המקורית. מלכת היקום ואלת היקום. אחות, העור שלך הוא לא קללה, המלנין שלך הוא לא קללה, זו ברכה. זוהי הגנה מפני השמש ומצביעה אותך באופן טבעי כך שלא תצטרך לצבוע 'את עצמך. השיער שלך נועד לספוג את החום והאור' העזים של השמש בארץ האם ולהפוך את האור לכוח. השיער שלך מתולתל כי זה תואם את הטבע. הוא צומח לעיגולים, לא ישר, לקו ישר יש התחלה וסוף, מעגל מסולסל היטב מייצג השלמה, שלוש מאות ושישים מעלות. תאהב את עצמך. נבראת בצלם אלוהים ממש. אתה יודע שמוחמד נהג לומר לחבריו", לעולם אל תכה בפנים, פניך נעשו בדמות פני אלוהים. אלה קריינות קוליות. אוהב את הפנים שלך.*

הנה הבעיה. אתה מבין, כי לעתים קרובות מדי, להגיד לגזעים כהים יותר לאהוב את עצמם מתגלה כגזענות. זה, לא, נשים קווקזיות מחקות אבוריג'ינים למראה קיצוני באותה מידה כמו אישה עם עור ספיה עם שיער בלונדיני ועיניים כחולות. כל אחד צריך לאהוב את עצמו במקום שיש לך אסיאתים, ערבים ואפריקאים השואפים לסטנדרט היופי האירופי. אירופי צריך להיות גאה בתדמית בה הם נוצרו. הם יפים כמו כל עם אחר כשהם בריאים התקשורת מחזקת את ביטחונם. לאן פונות הנשים כהות העור על רקע יופיין. גרוע מכך, מדוע סטנדרט היופי של כל גזע אחר מתבטל כארכאי, דתי ומוזר?

תפסיק לשבת את הבנות שלך מול הטלוויזיה כל כך הרבה זמן. הם הולכים משם בתחושת חוסר ביטחון, פחות יפה, מכוער אפילו ...

סלים הנהן בראשו. הוא רצה ליצור את החיבור שהיה ממש קל. לאחייניתו הייתה ברבי אפרו-מרכזית לכל עשר בובות אירו-מרכזיות. לבת דודה הנשית שלו הייתה חדר אמבטיה מלא בנסיעות, מרגיעים, אריגים ומסרקות ברזל חמות. אחיו הודה שרצה רק בהריון נשים בהירות עור או קווקזיות משום שהוא לא רוצה שצבע העור של ילדיו יגרום להן להרגיש כמו אזרחים סוג ב' - תחושה שהוא נאבק בכל חייו. היה לו בן דוד גבר שאמר לאחותו שהיא לא הייתה צריכה לתת לבנה שם "שמי" כי זה יהיה נכות באמריקה התאגידית. האחיין שלו - רק בן חמש - חזר הביתה מגיל הרך ושאל:

מה הם אנשים שחורים ואנשים לבנים"? לאחר מכן" הוא החל לצייר את דמויותיו חומות, אך עם זאת הרגיש כי הצבע הלבן טוב יותר מחום או שחור. האינדוקטרינציה מתחילה מוקדם. זה מתחיל בעריסה ואם האם סבלה מחוסר הביטחון, זה התחיל ברחם - תחושת נחיתות החולשת דרך ורידי האם ולזרם הדם של הילד.

בסיום ההרצאה ארגן סלים את הערותיו והתכונן לקחת את החוכמה הביתה למשפחתו וחבריו. כשיצא מהבניין בו נערכה ההרצאה עיניו הצטמצמו על ידי מסגרת ללא רבב של אישה.

יסמין חייכה אל הגבר הנקי היוצא מבניין העירייה.

...הוא נראה קצת ריבוע, אני אוהב אותם מחוספסים" *אבל הוא בסדר"* ..." היא אמרה לעצמה כשהחליטה להעמיד במבחן את תיאוריית הניגודים המושכים. ברור שהוא היה אינטליגנטי ובגלל זה כנראה היו לו יותר דיסציפלינות מהגבר הממוצע, כך שהיא ידעה שהיא תצטרך להיות מתוקה, לא חצופה יוצאת, אבל היא תצטרך להתבייש קצת ביישנית.

סלים לא נמשך למסכות. היא הייתה בטוחה שהוא ראה אותה מכיוון שבשבריר השנייה שהם נעלו עיניים היא חשה תחושה שלא עשתה הרבה זמן. עיניו היו הפתח לגן - גן עם נהרות שזורמים באופן תמידי, מעוטר בעצים הנושאים פירות חיים.

באמצע הגן הייתה בקתה מוזרה. בתא ההוא, מיטה חמה, מחוממת ומוארת באש נצחית. החלונות לנפשו הובילו ללב שחשה שמיד יכול להיות המקום הבטוח שלה. אבל מה הוא ראה? מדוע הוא הסיט את מבטו כלא היה מעוניין? כשהיא מודעת לעצמה, החלה למשוך בהצאיתה ולהחליק את בגדיה.

סלים חייך כשהוא מתבונן באישה היפה שלפניו מותחת את בגדיה. אם רק היא תממש את הנשמה שלה, אם היא מטופחת יכולה להספיק כדי למשוך את בן זוגה אליה. הוא בחן אותה לעד שנייה, ותפס תמונה שלה בתפארתה הטבעית, פחות האיפור התוספות והלבוש החושפני. הוא חשב על אמירה של נביא ההיג'אז:

"... בסופו של דבר נשים יהיו לבושות אך עירומות"

היא לא השאירה דבר לדמיון, כך שסלים יצטרך לדמיין אותה לבושה כדי שיפשיט אותה נפשית בעצמו. הוא תהה מיד איזה זיכרון ילדות הצטלק בהערכה העצמי שלה ובהמשך איזה שקר ניפח את האגו שלה. הוא חשב לדבר, אבל החליט שזה אולי לא הצעד הטוב ביותר.

לפני שסלים הצליח להכניס את מכוניתו, יסמין עשתה את שלה.

"... סלח לי, אתה יכול להגיד לי איפה סניף הדואר" יסמין צחקה פנימה.

דואר? *זה כל מה שיכולת להמציא*" ?היא הקניטה את עצמה.

בהחלט, זה" ... "ולפני שסלים הצליח להשמיע מילה נוספת, זה קרה. הברק האמיתי של יופיה של יסמין התחיל סוף סוף כשהצליח לחוש את נשמתה דרך חזונו. הוא עצר, בלע את הגוש בגרונו, ואז המשיך בהוראות לפני שאמר

"... כמה אני פשוט מראה לך, זה רק כמה רחובות משם"

הליכה לסניף הדואר, שם יסמין הייתה מודה שהיא פשוט צריכה סיבה לדבר, הוביל ליותר כימיה ממה שסלים ציפה. הם החליפו מספרים והסכימו להיפגש במסעדה אסיינית ששופצה לאחרונה. אם יסמין הייתה מתארת שיש לה יופי פנימי כמו גם יופי פיזי, הוא היה מנסה לאט לאט לכוון אותה לנישואין.

עם זאת, ההתרסקות במסעדה הותירה טעם חמוץ בפיו. נפשה הופשטה עירומה ומה שנחשף היה אדם שיפוטי, יהיר. השיפוטים היו פשוט שיפוטים פנימיים של עצמה והיהירות הייתה חזית שכיסתה חוסר ביטחון.

"עירומה"

היא אמנם טעתה בעצמה, אך מזל שזלה לא חיה לפי כל הרושם הראשוני. לא הרבה אנשים מציגים את הצד הארצי של עצמם כאשר הם פוגשים אנשים חדשים בפעם הראשונה, כך שהוא מעולם לא ציפה לכך מאנשים. הוא לא שפט ומיהר לסלוח ולהתעלם.

"אתה בחור נהדר סלים."

"אני מנסה."

סלים נתן יסמין קריצה ואז גבה כדי שתוכל לסגת.

"אז, נדבר כל השבוע הזה אבל בסוף השבוע הבא אנחנו מתחילים רעננים."

"אני אוהב את הרעיון הזה."

"תהיה אהבה בטוחה."

"אני אעשה, גם אתה..."

פליסיטי נצצה בעיניה של יסמין כשהיא חייכה ונסוגה אל
חושך הלילה.

"יש לי הרגשה טובה כלפיה". אמר סלים באופן מילולי.
הוא שמח שבחר הפעם בסבלנות. מי שלא יודע את הדרך ראוי
שיוצג להם הדרך. הוא נסחף לישון על מחשבה זו.

מעשה 3:

"הפורח"

מָצָא אִשָּׁה מָצָא טוֹב וַיָּפֶק רָצוֹן מֵיְהוָה
"... מִי שמוצא אישה מוצא דבר טוב"
18:22

הפארק היה גדוש סינרגיה חיובית. צחוקם של הילדים ושירת הציפורים יצרו תזמורת באתר. השמש זרחה בוהקת אך הבריזה איזנה את חום. סלים בדק את שעונו.

עשר דקות. "הוא הזכיר לעצמו כשפרש את הסדין" שקנה בדרכו לפארק. הוא מאיר אותו לפתוח אותו ואפשר לרוח לסייע לו. הוא הושיב את סלט הפירות והחל לפרוש את הלחם האיטלקי כשחיוכה עצר אותו בעקבותיו.

יסמין "... הוא אמר כאילו ראה אותה בפעם" הראשונה, ואכן כך היה. לא היה לה איפור מלבד שכבת ברק שהדגישה את היופי הטבעי של שפתיה. עיניה היו פעורות, זוהרות ודבש בגוון עור פנים.

היא לבשה פוקסיה צבעונית, לבנדר וצעיף טורקיז. היא צחקה מהמבט הנדהם על פניו של סלים.

אתה אוהב"? היא שאלה. אם רק היה יודע כמה אומץ" נדרש כדי להופיע טבעי לחלוטין.

" *את מדהימה לחלוטין*. "

" *תודה*. "

" *את מאוד מבורכת*. "

" *לא סלים, לא אומר לי שאני מדהים*. "

"*אז בשביל מה*?"

"... על כך שעזרתי לי להגשים את זה"

ספרים נוספים מאת סאלם Little

1. Get In, Get Out
2. Love and the Game
3. *בכבוד רב שלך* I: *Sheets Lost*
4. Sincelyely Yours II: *Life, Love and Lyrics*
    In Sincely In
5. Yours III: *יומן יקר*
6. *שבוכה מדמעות :סיפורו של סשה פירס*
7. החיפוש אחר אופוס מגנום
8. נשק על ידי דרקון
9. אלוהים :*זהב ,נפט וסמים*
10. בהקיץ
11. מיוחדת
12. אהבהבומלחמה
13. אלאותי
14. תשפטואוניו-פסוק כרך 1 :*ישו*
15. של בלוק הסופר של
16. אפוקריפה
17. מוזותיהן שלמודרניות שלמיסטיות
18. קוקאין
19. שרשרות בלתי נראות
20. מהפכה

Española

DESNUDO

UNA BREVE HISTORIA POR SALEEM LITTLE

DESNUDO

Acto 1:

"La siembra"

בְּצֶלֶם אֱלֹהִים
b'tselem elohim
1:27

Después de un día lleno de eventos, Salim simplemente estaba listo para relajarse, reunirse con su cita, disfrutar de una buena comida y conversación. La comida de la que estaba seguro, era su cita por la que tenía que rezar.

Después de confirmar su reserva con la anfitriona, se dejó llevar a su mesa mientras contemplaba vagamente el paisaje. Más importante para él era el ambiente, la energía que podía sentir.

"Estar consciente puede ser agotador". Dijo de manera sardónica antes de llevarse el vaso de agua de cortesía a los labios. Dejó que el líquido frío equilibrara su temperatura interna y mientras bebía el agua, practicó la presencia. Quería vivir el momento de ahora en adelante. Vivir en el pasado nos enfada y vivir en el futuro nos pone ansiosos. Vivir el momento brinda una paz sublime y, por lo tanto, el arte de la presencia fue solo otro tesoro que agregó a su cofre espiritual. Las joyas adquiridas por casualidad enriquecían su alma con cada adición.

Justo cuando él colocó el vaso sobre la mesa, ella entró. Sus ojos verdes reflejaban la luz del candelabro como esmeraldas de talla radiante engastadas en perlas Akoya. Batió sus largas pestañas como abanicos de tocador en miniatura. Llevaba el pelo recogido en un moño con flequillos afilados y palitos de tortuga. Un conjunto inteligente considerando que estaban en un restaurante asiático. Sus labios eran una explosión explosiva de pigmentos rojos, aceites, ceras y emolientes, y sus uñas cuidadas combinaban perfectamente, adornadas con pequeños cristales en los dedos medios.

Al darse cuenta de Salim, sonrió alegremente.

"Oye." Dijo inaudiblemente mientras saludaba. Salim se puso de pie y caminó hacia ella. Jasmine era extremadamente atractiva físicamente. Si la escala de Fibonacci era el barómetro, pasó con gran éxito.

"Oye amor, ¿cómo estás?" Salim preguntó mientras sacaba el asiento de Jasmine para que pudiera rajar.

"Estoy bien. ¿Cuanto tiempo llevas aqui?" Preguntó Jasmine mientras se acomodaba.

"No mucho, solo el tiempo suficiente para tomar un vaso de agua".

No pasó mucho tiempo antes de que la fachada comenzara a desvanecerse. Jasmine había juzgado al menos a otros clientes por estándares físicos, por lo que su visión estaba borrosa. La calumnia que produjo su lengua deformó sus labios una vez tentadores: su discurso fue defectuoso.

"¿Por qué siempre ponen música tan aburrida en los restaurantes? Mierda me hace querer quedarme dormido ". Jasmine había comentado mientras levantaba su vaso para beber.

Salim se estaba impacientando lentamente con los prejuicios egoístas de Jasmine y estaba a punto de expresar su desaprobación por sus miopes puntos de vista de la vida cuando el vaso se le resbaló de la mano y cayó a la mesa de abajo.

El líquido le salpicó los ojos. Inmediatamente se llevó la mano a los párpados. Lo hizo de una manera tan apresurada que accidentalmente se quitó las pestañas.

La cabeza de Salim se echó hacia atrás y la confusión se apoderó de su rostro.

"¿Pestañas postizas?" Se dijo a sí mismo.

"Sabía que probablemente estaban inventados, pero ¿

completamente falsos?"

"Ella solo estaba diciendo lo real que era ..."

continuó sub-verbalmente mientras la veía frotarse frenéticamente el ojo derecho. Finalmente, dejó caer las manos y levantó la cabeza. Parpadeando para alejar la irritación, murmuró algo sobre su pestaña perdida y luego miró a Salim avergonzada.

"Tus ... tus ojos ... no son ... tu contacto se cayó."

Jasmine sonrió, pero no con alegría, era una sonrisa llena de vergüenza y humillación.

"Sí ... yo ... siempre quise verde ... ugh ... espera ..."

Jasmine vio lo que ella creía que era su lente de contacto en el suelo y se inclinó para recogerlo. Recuperando la lente, levantó la cabeza y su moño se enganchó en el extremo de la mesa. En lugar de soltarlo, Jasmine, que ya estaba llena de frustración, sacudió la cabeza y el moño se desprendió.

Casi todos los ojos del restaurante estaban puestos en Jasmine ahora. Ella miró alrededor a las miradas intrigadas. Una vez que sus ojos se posaron de nuevo en Salim, comenzó a sollozar.

Inicialmente, ver cómo se desenredaba el disfraz de Jasmine fue decepcionante, pero verla llorar ablandó el corazón de Salim ante su difícil situación. En lugar de sentirse engañado, ahora sentía simpatía. Cogió una servilleta y se la entregó. Jasmine extendió la mano y Salim pudo ver que se había roto dos uñas.

"Las uñas ni siquiera son suyas." No pudo evitar pensar. Rápidamente hizo a un lado el juicio y permitió que su supervisión del condicionamiento mental y espiritual relajara su mente nuevamente.

"Gracias." Dijo Jasmine mientras el rímel fluía como las oscuras aguas del Mar Caspio. Se secó los ojos, luego todo el rostro. Su lápiz labial y rímel manchados.

"Lo siento." Ella dijo. Ella esperaba que él dijera *qué*, pero no lo hizo, no había necesidad de hacerlo. Se había avergonzado a sí misma mucho más de lo que lo había avergonzado a él, así que solo necesitaba disculparse consigo misma.

"Está bien ..."

Desnuda y expuesta, Jasmine ahora parecía más una jovencita triste e insegura que la mujer segura de sí misma que había entrado al restaurante hace una hora. Su cabello ahora era un desastre y notablemente más corto que la apariencia que creaba el moño. Una de sus pestañas se había ido y la otra se aferró a su vida. El destello de su lápiz labial había desaparecido, y ahora suplica comprensión con ojos desiguales.

"Vamos, salgamos de aquí." Salim dijo mientras tomaba la mano de Jasmine. Haciendo caso omiso de las miradas, la condujo a su

coche. Una vez dentro, bajó la ventanilla y dijo una vez más:

"Lo siento ..."

"Está bien ..." aseguró Salim.

"Escucha, ámate a ti mismo. Fuiste creado maravillosamente, hecho bellamente, evolucionaste maravillosamente cualquiera que sea el término que elijas. No tienes que hacer tanto para embellecerte. Ya eres increíble. Embellece tu corazón. Eso es belleza que no años."

"¿Te volveré a ver?", Preguntó Jasmine. Después de esta debacle, si él decía que no, no se habría sorprendido. Para su sorpresa, sin la menor vacilación, Salim dijo:

"Sí, por supuesto". Él sabía cómo se sentía. tener potencial, pero ser descartado como si nunca creciera mentalmente o evolucionara espiritualmente.

"Pero" , continuó.

"Esta vez intentaré algo un poco diferente. Menos formal. Conozco un gran parque al que podríamos ir. ¿Qué tal si tomamos un bocado, tiramos una sábana o dos y simplemente disfrutamos de la naturaleza sin sentir ninguna necesidad o presión de impresionar? Puedes vestirte informal y ser tú mismo. Quiero conocer tu verdadero tú ... "

Los ojos líquidos de Jasmine ahora estaban llenos de adoración y admiración. Toda su vida había sido coaccionada por los medios de comunicación y la presión de sus compañeros para ser más de lo que era o quería ser. honestamente, odiaba pasar tanto tiempo maquillando. La mayoría de sus zapatos eran incómodos y, en el fondo, siempre había querido encontrar un hombre por el que no tuviera que decorarse excesivamente; uno que la quisiera por ella. De hecho, hizo el ridículo, pero por suerte para ella, Salim no vivió según la regla de la primera impresión. No muchas personas presentan el lado mundano de sí mismos cuando conocen gente nueva por primera vez, por lo que nunca esperó eso de la gente. No juzgué y se apresuró a perdonar y pasar por alto.

"Eres un gran tipo, Salim". "

Lo intento".

Salim le guiñó un ojo a Jasmine y luego retrocedió para que pudiera lograrlo.

"Entonces, hablaremos de todo esto. semana pero el próximo fin de semana comenzaremos de nuevo. "

" Me gusta esa idea. "

" Cuídate amor ".

" Yo también, tú ... "

Felicity parpadeó en J los ojos de Asmine mientras sonreía y se adentraba en la oscuridad de la noche.

"Tengo un buen presentimiento sobre ella". Salim dijo sub-verbalmente. Estaba feliz de haber elegido la paciencia esta vez. Aquellos que no conocen el camino merecen que se les muestre el camino. Se quedó dormido con ese pensamiento.

Acto 2:

"El riego"

פִּיהָ פָּתְחָה בְחָכְמָה וְתוֹרַת־חֶסֶד עַל־לְשׁוֹנָהּ
"En su lengua, una Torá de amor…"
31:26

1 semana Antes

Jasmine miró su teléfono para verificar la hora prevista de llegada del conductor de Lyft. Por lo general, llegaban en diez o quince minutos, pero por alguna razón su vehículo más cercano estaba a veintiocho minutos. En el momento en que lo comprobó, el conductor estaba a nueve minutos.

Después de recibir una notificación de Instagram, y luego de Facebook, y luego de Whatsapp… Jasmine comenzó a desplazarse por sus sitios de redes sociales para pasar el tiempo mientras esperaba.

Como la mayoría de los millennials, Jasmine veía su teléfono celular como una extensión de sí misma. Sacó su iPhone en momentos en los que ni siquiera era necesario, solo necesitaba que el mundo fuera genial porque era parte de *"Apple In-Crowd"*. Desplazándose con los movimientos exagerados de las manos y los gestos con la cabeza, Jasmine a menudo se avergonzaba de fingir que estaba ocupada o era importante, pero el histrionismo había pasado de la acción cognitiva a un hábito inconsciente, por lo que el espectáculo continuó y, a menudo, tuvo lugar sin que ella lo supiera.

En los sobrios momentos de la realidad, vio su guardarropa por el disfraz que era, sus cosméticos por la máscara que eran y su bravuconería por la mentira que era. Sola, luchó con tantas inseguridades como cualquier otro ser humano.

Salim miró al Ministro con adoración. Era un orador carismático con tono contundente. Lo más importante es que pronunció la verdad sin adulterar.

"¿Quien es ella? ¿Que es ella?" El Ministro preguntó a la audiencia de manera retórica. No estaba destinado a ser respondido, sino meditado.

"Ella es la mujer original. La Reina del Universo y Diosa del Universo. Hermana, tu piel no es una maldición, tu melanina no es una maldición, es una bendición. Es una protección contra el sol y te colorea de forma natural, por lo que no es necesario

que te "coloreen". Tu cabello fue hecho para absorber el intenso calor y la luz del sol en la patria y transformar esa luz en poder. Tu cabello es rizado porque está en sintonía con la naturaleza. Crece en círculos, no en línea recta, una línea recta tiene un comienzo y un final, un círculo fuertemente rizado representa la terminación, trescientos sesenta grados. Ámate a tí mismo. Fuiste creado a la imagen misma de Dios. Sabes que Mahoma solía decirle a sus compañeros: "Nunca golpees el rostro, tu rostro fue hecho a la imagen del rostro de Dios. Son narraciones sonoras. Amo tu rostro.

Ahora, aquí está el problema. Verá, porque con demasiada frecuencia, decirle a las razas de piel más oscura que se amen a sí mismas resulta racismo. No lo es, las mujeres caucásicas que imitan a los aborígenes hasta el extremo se ven tan fuera de lugar como una mujer de piel sepia con cabello rubio y ojos azules. Todos deberían amarse a sí mismos, en lugar de eso, tenemos asiáticos, árabes y africanos que aspiran al estándar europeo de belleza. Un europeo debería estar orgulloso de la imagen con la que fueron creados. Son tan hermosos como cualquier otra gente cuando están sanos. Los medios refuerzan su seguridad. ¿A dónde acuden las mujeres de piel más oscura en busca de su estándar de belleza? Peor aún, ¿por qué el estándar de belleza de todas las demás razas se descarta como arcaico, religioso y extraño?

Deja de sentar a tus hijas frente al televisor durante tanto tiempo. Se marchan sintiéndose inseguros, menos hermosos, incluso feos ...

Salim asintió con la cabeza. Quería hacer la conexión, que en realidad era fácil. Su sobrina tenía una Barbie afrocéntrica por cada diez muñecas eurocéntricas. Su prima tenía un baño lleno de permanentes, alisadores, tejidos y peines de hierro caliente. Su hermano había admitido que solo quería embarazar a mujeres de piel clara o caucásicas porque no quería que el color de la piel de sus hijos los hiciera sentir como ciudadanos de segunda clase, un sentimiento con el que luchó toda su vida. Tenía un primo que le dijo a su hermana que no debería haberle dado a su hijo un *"semítico"* nombreporque eso sería una desventaja en la América corporativa. Su sobrino, de solo cinco años, había llegado a casa del preescolar y preguntó:

"¿Qué son los negros y los blancos?" A continuación, comenzó a dibujar a sus personajes de color marrón, pero sintió que el color blanco era mejor que el marrón o el negro. El adoctrinamiento comienza temprano. Comienza en la cuna y si la madre sufría de inseguridad, comenzó en el útero: un sentimiento de inferioridad que recorre las venas de la madre y llega al torrente sanguíneo del niño.

Al final de la conferencia, Salim organizó sus notas y se preparó para llevar la sabiduría a casa a su familia y amigos. Al salir del edificio en el que se celebraba la conferencia, sus ojos quedaron magnetizados por el cuerpo inmaculado de una mujer.

Jasmine sonrió al hombre limpio que salía del edificio del Ayuntamiento.

"Parece un poco cuadrado, me gustan duros ... pero está bien ..." Se dijo a sí misma mientras decidía poner a prueba la teoría de la atracción de los opuestos. Obviamente, él era inteligente y por eso probablemente tenía más disciplina que el hombre promedio, así que sabía que tendría que ser dulce, no descarada, extrovertida, pero tendría que fingir un poco de timidez.

Salim no se había sentido atraído por la mascarada. Estaba segura de que la había visto porque en la fracción de segundo que se miraron a los ojos sintió una sensación que no había hecho en mucho tiempo. Sus ojos eran la entrada a un jardín, un jardín con ríos que fluyen perpetuamente, adornado con árboles que dan frutos de vida. En medio del jardín había una pintoresca cabaña. En esa cabaña, una cálida cama, calentada e iluminada por un fuego eterno. Las ventanas de su alma llevaron al corazón que ella sintió de inmediato podría ser su lugar seguro. Pero, ¿qué vio? ¿Por qué miró hacia otro lado como si no estuviera interesado? Cohibida, comenzó a tirar de su falda y alisar su ropa.

Salim sonrió al ver a la hermosa mujer que tenía ante él estirar la ropa. Si tan solo se diera cuenta de que su alma, si se cultivaba, podría ser suficiente para atraer a su pareja hacia ella. La estudió por la eternidad en un segundo y captó una imagen de ella en su gloria natural, sin el maquillaje, las extensiones y la ropa reveladora. Pensó en un dicho del profeta del Hijaz:

"En el fin de los tiempos, las mujeres estarán vestidas pero desnudas..."

Ella no había dejado nada a la imaginación, así que Salim tendría que imaginarla vestida para que él mismo pudiera desnudarla mentalmente. Inmediatamente se preguntó qué recuerdo de la infancia había marcado su autoestima y, posteriormente, qué mentira había inflado su ego. Pensó en hablar, pero decidió que tal vez no fuera el mejor movimiento.

Sin embargo, antes de que Salim pudiera entrar en su coche, Jasmine hizo el suyo.

"Disculpe, ¿puede decirme dónde está la oficina de correos ..." Jasmine se rió por dentro.

"¿Oficina postal? ¿Eso es todo lo que se te ocurrió? se bromeó a sí misma.

"Absolutamente, es..." Y antes de que Salim pudiera pronunciar otra palabra, sucedió.

El verdadero resplandor de la belleza de Jasmine finalmente se había establecido cuando pudo sentir su alma a través de su visión. Hizo una pausa, se tragó el nudo en la garganta, luego continuó con las instrucciones antes de decir:

"¿Qué tal si te lo muestro? Está a solo unas cuadras de distancia ..."

Un paseo hasta la oficina de correos, donde Jasmine admitiría que solo necesitaba una razón. hablar, generó más química de la que Salim había esperado. Intercambiaron números y acordaron reunirse en un restaurante asiático recientemente renovado. Si resultaba que Jasmine poseía belleza interior además de belleza física, poco a poco trataría de guiarla hacia el matrimonio.

Sin embargo, la debacle en el restaurante le había dejado un sabor amargo en la boca. Su alma había sido desnudada y lo que estaba expuesto era una persona arrogante y crítica. Los juicios eran simplemente juicios internos de sí misma y la arrogancia era una fachada que cubría las inseguridades.

"Desnuda"

De hecho, se había puesto en ridículo, pero por suerte para ella, Salim no vivía según la regla de la primera impresión. No muchas personas presentan el lado mundano de sí mismas cuando conocen gente nueva por primera vez, así que nunca esperó eso de la gente. No había juzgado y se apresuró a perdonar y pasar por alto.

"Eres un gran tipo, Salim".

"Lo intento."

Salim le guiñó un ojo a Jasmine y luego retrocedió para que pudiera hacerlo.

"Entonces, hablaremos toda esta semana, pero el próximo fin de semana comenzaremos de nuevo".

"Me gusta esa idea."

"Estar seguro amor".

"Lo haré, tú también ..."

Felicity centelleó en los ojos de Jasmine mientras sonreía y se adentraba en la oscuridad de la noche.

"Tengo un buen presentimiento sobre ella". Salim dijo sub-verbalmente. Estaba feliz de haber elegido la paciencia esta vez. Aquellos que no conocen el camino merecen que se les muestre el camino. Se quedó dormido con ese pensamiento.

Acto 3:
"El florecimiento"

מָצָא אִשָּׁה מָצָא טוֹב וַיָּפֶק רָצוֹן מֵיְהֹוָה
"El que encuentra esposa encuentra algo bueno ..."
18:22

El parque estaba lleno de sinergia positiva. La risa de los niños y el canto de los pájaros crearon una orquesta en el éter. El sol brillaba intensamente pero la brisa equilibraba su calor. Salim miró su reloj.

"Diez minutos." Se recordó a sí mismo mientras desdoblaba la sábana que compró de camino al parque. Lo abanicó para abrirlo y permitió que el viento lo ayudara. Dejó la ensalada de frutas y comenzó a desenvolver el pan italiano cuando su sonrisa lo detuvo en seco.

"*Jasmine* ..." Dijo como si la viera por primera vez, y de hecho lo estaba. No tenía maquillaje, además de una capa de brillo que acentuaba la belleza natural de sus labios. Sus ojos estaban muy abiertos, brillantes y de tez color miel.

Llevaba un pañuelo de colores fucsia, lavanda y turquesa. Ella se rió de la expresión de asombro en el rostro de Salim.

"*¿Te gusta?*" Ella preguntó. Si tan solo supiera cuánto coraje se había necesitado para mostrarse completamente natural.

"*¿Qué hay para no gustarle Jasmine? Eres absolutamente hermosa*"

"*Gracias*

" "

"*De nada*"*No Salim, no por decirme que soy hermosa*".

"*¿Entonces para qué?*"

"*Por ayudarme a darme cuenta ...*"

Más libros de Saleem Little

1. Get In, Get Out
2. Love and the Game
3. Sincerely Yours I: *Lost Sheets*
4. Sincerely Yours II: *Life, Love and Lyrics*
5. Sincerely Yours III: *Dear Diary*
6. Crying for Tears: *La historia de Sasha Pierce*
7. La búsqueda del Opus Magnum
8. besada por un dragón
9. DIOS: *Oro, petróleo y drogas*
10. Sueño despierto
11. especial
12. Amory guerra
13. No me juzgues
14. UNI-Verse Volumen 1: *Jesús*
15. Bloque del escritor de
16. Apócrifos
17. Las musas de unamística moderna
18. cocaína
19. Cadenas invisibles
20. revolucionadas

95

Sneak Peak

RAIN

The chilled gust of wind thrust her pores wide open, making her skin an absorbent sponge for the splattering of raindrops splashing against her bare forearms. A shiver chilled her spine and made her body shutter. She quickly pulled a mini bottle of Bacardi from her purse and drowned the ounce and a half shot in one smooth swallow. The bitter alcohol burned her throat and tightened her face as if she was sucking on limes.

Liquid warmth filled her veins as her cells absorbed the spirits. A euphoric kick followed by a fountain of bravado flowed from her ego and into her mind and limbs. Pulling a roach clip from her cigarette pack, she inhaled the dried cannabis leaves and flowers and exhaled a thick fog of smoke while a thin line of blue smoke danced erotically at the tip of her joint. The smoke danced in unison with the Jinn that had infested her spirit and began synchronizing its gyrations with the pirouette of the spirits summoned by the alcohol.

Lastly, to calm any remaining nerves, she took a few drags from a cigarette. More smoke… More smoke and mirrors… Staring up at the pale moon, she pondered its unseen, hidden, discreet dark side and as her sardonic chuckling transformed into a howl, she transformed like a werewolf. Slowly, inhibitions fell to the wayside like the thin clothing she wore to the club. Her pride, dignity, sense of shame and self-accusing spirit all began to disappear.

Each night she shed values like old skin and what emerged was always a caricature of herself. A fearless, bold, unapologetic exotic dancer was extracted by the self-inflicted exorcisms she performed nightly to summon the demon who would possess her vessel, giving her the ability to strip naked, for strange men and money without second thought inhibiting her.

The dollar bills fell from the sky like rain…

The pain fell like rain…

New life emerges after the rain…

Erica smiled as a thought eclipsed her soliloquy,

"What better stage name?"

"Rain"

CHAPTER 1

"Mom, I've been fighting this thing you call 'real life', all alone my 'whole life'. Don't you think it's a little late for you to try to make decisions for me now?"

Rain's words were edged with steel but delivered in individual velvet wrappings. She wasn't being rude or sarcastic, she was simply being honest.

"If you wanna know if I've ever questioned my decision to do this, yes, yes I have… many times."

As Rain's admittance emerged, images of the very instances of regret she was admitting to did as well. This caused a brief silence in which Jade's look went from angry to understanding and from scolding to sympathetic. It was just enough time to see past the façade named *Rain* and into the wandering free spirit of her innocent child – Erica.

Jade's fall from grace couldn't be considered a fall at all. If she had grown with grand aspirations and the support and encouragement needed to pursue those aspirations, her status in life could be seen as a fall. Instead, slum life had been the womb that birthed her, the matrix that conditioned her and the description of her current state. Poverty and the poor ethics spawned by this plague on humanity was the level she existed on since birth, not one she had risen or fallen to.

The breath of her dreams had been smothered by a father who worked like a slave, drank like a fish and cursed like a sailor. Her mother's working and supporting of a man who was dying rapidly had left her breath too exhausted to breathe any life into Jade's visions and so by her prepubescent years any dreams that remained had been shattered by the overpowering force of her chaotic reality. By adolescence reality was now the dream.

Jade's life had spiraled out of control and somewhere between middle and high school she found herself lost. Soon after meeting Erica's father she found herself pregnant, a high school dropout and unemployed. Erica's father was imprisoned a year after she was born and besides the rare visits, she wouldn't see him again until she was eleven.

Jade hadn't been ready to be a parent seeing as though she was still very much a child herself. She loved Erica with all of her heart and soul but hadn't been ready to make the sacrifices necessary to successfully guide a child through their most fertile years. She often advised against things Erica watched her engage in herself and as the road to hell is paved with good intentions, so too is the road to hypocrisy. This hypocrisy planted a seed of rebellion in Erica early in life.

One thing Jade was really good at was dancing and Erica inherited this rhythm and learned to manifest it at a very young age.

As far back in her life as she could remember, Erica had always been a dancer – a very good dancer. Vivacious, energetic and outgoing, she never had a problem performing once the music started....

CHAPTER 2

"Would you please stop with the holier than thou crap, you act like you were an angel..." Valerie insinuated with a knowing glance.

Bridgette was stuck in the position many parents find themselves in with their adolescent children. By this time in the child's life, the innocence is gone and they've discovered the dark side of their parents their youth kept them blind to. In Valerie and Bridgette's case, Valerie had discovered years ago why her mother and father were divorced – her mother's infidelity.

Now by this time in her life, Bridgette had learned from and amended her ways but when children want the freedom to follow their desires, they'll never let you play down the time you followed yours.

"No, I wasn't an angel, you're right…"

There was a brief pause as the face of Valerie's father flashed across Bridgette's memory projection screen. Shame flushed through her heart but she continued.

"And that's why I'm the perfect one to tell you where you're headed…"

"How do you figure?"

"What do you mean? Because I've learned from my mistakes and don't want you throwing your life away chasing some fantasy."

"Dancing is definitely not a fantasy."

Valerie found her mother's naivetés humorous. If she only knew how much money had already been made.

"Stripping is …"

"I'm not a stripper alright! I'm a dancer. And if you can't handle it, oh well, it is what it is!"

Valerie wasn't really upset. She was actually past the phase of caring for what her mother thought of her choices in life. She was twenty-one and at any moment she could pack up and leave. She did however use the disagreement as a means of escaping to the party she wanted to attend before heading to the club that night.

Valerie gave *Kandy* a peck kiss on both cheeks and a quick hug – one in which both were careful not to ruin their outfits, hair or makeup.

"You be safe girl." Valerie's associate said before she glanced back at the black SUV she would be leaving the club in. Valerie could never even remember the girl's name so she found it hard to call her a friend. Yet, this stranger always seemed to be friendly with her and more important, supportive and encouraging.

For the woman who Valerie knew only as *Kandy*, an old high school friend awaited in his Black Cadillac SRX. For *Kandy*, he was the perfect candidate for a night of drunk sex – an old fling she'd be completely comfortable with. More important, one who was completely comfortable with who she was.

"You too…" Valerie said before turning and walking nervously towards the grey Dodge Ram pickup that would be getting her to her room for the night. The car was nice, it was the guy on the inside she wasn't so sure about.

Two of Valerie's friends had gone home with guys from the club that night so she felt it only natural for her to do the same. So, for the first time since she'd begun dancing, and after incessant pestering, Valerie decided to take up a customer's offer. Two-hundred dollars and she could even sleep over if she wanted to.

Initially Valerie had been offended by the offer but she had to accept that the man hadn't made the offer to a Nun in a church, he had made it to a naked woman in a strip club that had nearly caused him to ejaculate in his pants just an hour ago.

The city lights merged and formed flashing electrical patterns on the city streets. Valerie's mind was tossing with agony as she questioned her decision. She had gotten into stripping – dancing – for the money not to become a prostitute. Two minutes into the drive and she was already ready to tell the guy to turn around and drop her back off at the club.

"You wanna stop for somethin' to eat?"

The man's voice interrupted her reverie and she sat up and noticed the McDonalds he must had been alluding to.

"No I'm…You know what, yeah, I could take a little something to eat and maybe a water." Valerie said as she imagined this was her chance to escape.

RAIN

A Novel by Saleem Little